청어詩人選 237

통찰의 느낌표(!)

최동열 시집

도서출판 청어

통찰의 느낌표(!)

최동열 시집

시인의 말

때로는
침묵해야 했었다

천천히
조율하는
나를 본다

야속하게
흔들리는 마음을
재운다

가끔은
시를 쓰고
싶었다

뒤를 돌아보았다

2020년 봄, 최동열

차례

1부 날아간 파랑새

12 통찰의 느낌표(!)
13 가지 않은 길
14 날아간 파랑새
16 낙화(落花)
18 엘리베이터의 철학
20 메아리
22 다락방
24 생명을 가진 인형
26 에스컬레이터
27 도시의 가면
28 나를 버리는 이유
30 아픈 검지
32 시간 여행자
34 긍정 명제
35 끝사랑

2부 히아신스를 기다리며

38 비싼 시간을 산다
40 깊어지는 사랑을
43 신성모독
44 가곡의 밤
45 도덕경(道德經)
46 안경
48 신세계로 가는 길
50 도돌이표
51 방앗간
52 히아신스를 기다리며
54 달빛의 생명
55 어린 시인
56 재봉틀
57 화석의 기억

차례

3부 파도가 밀려오는 것은

60 우리라는 것
61 톨스토이
62 피스미스 공주
63 쉼터
64 바람 소리
66 파도가 밀려오는 것은
68 시의 나라
69 아지랑이 꽃
70 계룡산 여우비
71 사랑의 정의
73 G선상의 아리아
74 온라인 하트
76 남과 여
77 따뜻한 겨울
78 냄새

4부 카리용(carillon)

80 낙엽아, 낙엽아
81 천년의 상상
82 카리용(carillon)
84 별과 헤어진 날
85 문을 노크할 때
86 피에로
88 구두 한 켤레
89 국화 한 송이
90 사육의 손 편지
91 온새미
92 닻별의 창조
94 문명의 중독
95 미확인 메시지
96 눈물의 씨앗

98 시인의 해설 / 저자 최동열

1부

날아간 파랑새

태양이 별이 되었다는 풍문에

진실은 온전할 거라는 믿음으로

오해의 무덤은 사라졌다고 말했습니다

통찰의 느낌표(!)

눈을 감으려다 문득,

생각나는 사람, 어디에 있을까

촌철살인(寸鐵殺人)과 같은
그의 한마디가
심장의 정곡을 찌른다

그리우면 그립다고 말해!
FM주파수는 99점 9메가!

날카로운 비수 같은 말이
몸으로 춤을 춘다

통찰(通察)의 느낌표(!)는
전혀 야하지 않다

가지 않은 길

가지 않은 길을 걸어갑니다

수평선에 파도가 밀려 차가운 파랑에
정신은 온전할 것이라는 믿음으로
거짓의 탑은 무너졌다고 속삭였습니다

가지 않은 길을 보았습니다

태양이 별이 되었다는 풍문에
진실은 온전할 거라는 믿음으로
오해의 무덤은 사라졌다고 말했습니다

수고로운 갈등을 보듬어 줍니다
한 번도 경험하지 않은 세계를 위로합니다

걱정하지 말고
넌 잘할 거야,
두려워하지 마

날아간 파랑새

바람이 훔친 물가로
뼈를 붙이고 날아간 파랑새

불에 그슬린 숯이 마른 꽃은
서린 아치 모양으로 흔들리고

하얀 재로 사라진 나무 그늘에
그 언저리의 꽃 냄새로
구절초 사랑이 연연히 피네

애타게 자식을 기다리는
홀쭉한 얼굴의 안타까운 모정에

가느다란
새 다리로
소망을 부르는
고향의 노래

여미진 찬 놀에 외출을 마치고
고향의 숲으로 날아온 새

젖은 날개를 불에 말리고

보고픈 엄마 품에
떨어진 뼈를 붙이고 있었네

낙화(落花)

잠에서 깨어난 꽃잎이
가벼운 옷을 나풀거리며
힘없이 바닥으로 떨어졌다

너의 짧은 삶의 자리는 지킬 수 없어
긴 휴식으로 돌아누운 것일까

춤사위에
곡선이 좋은 잎이 떠있다

신기루에 달콤한 키스는
바람이 품은 자리에
공기처럼 산산이 흩어져

바닥에 홀로 기댄 속삭임에
물빛 구름 한 점이 멀리 보이고

달콤한 거울의
유혹의 말에
빨간 입술이 무너졌다

바람에 나부끼는 꽃잎이 떨어진다

내 사랑하는

꽃
잎
이

울고 있다

엘리베이터의 철학

그 여자는 엘리베이터를 타면 늘 환각의 상태가 된다 세정제로 손을 닦고 외출의 꿈을 꾼다 올라가는 승강기는 멈출 줄을 모른다 가끔은 탑층까지 갔다가 지하로 내려가는 재미를 즐긴다 버튼을 누른 한 남자가 그 안에 갇혀 있다 시커먼 정적에 전기는 단절되어 열리지 않았다

1층 5층 30층… B1 B2…

낡은 아파트에
숫자의 오류는
눈을 침침하게 한다

엘리베이터는 다시 내려간다 끝도 모르게, 아래로 아래로 내려가고 있다 삶과 운명도 내려간다고 믿었던 여인의 얼굴도 변하고 있다 처음에 보았던 그 남자의 얼굴이 일그러지기 시작했다 기계는 점점 내려가고 있다, 지하 B40라인에서

엘리베이터가 섰다 이곳에서 문이 열린다면 불행한 유토피아의 세계를 이룰 것이다 그녀의 화장은 춤을 춘다 립스틱에 입술을 그리고 눈썹에 그림을 채운다 아이새도우, 마스카라, 아이라이너,

문이 다시 열렸다 공작실 기계는 작동하지 않았다 작업복을 입은 한 사내가 기름칠을 하고 서 있다 아침 햇살이 뜨거운 시선으로 심장에 비친다 남자의 여자는 계단을 내려오고 있다, 천천히

메아리

겨울 민둥산에 올라가 너를 처음 보았어
입은 한 개가 아니었지
손과 발은 다섯 개
너를 볼 때부터 생각했어
괴물이라 생각한 적은 없어
동물적 감각의 그늘에 발을 푹 담근 거니까

목적이 뭐니, 그 잘난 욕심의 끝,
순간의 선택에 모든 것을 감춘거야?

추억이 아까워 주워 담아 앨범에 넣었어
한 번도 걸어보지 않은 길을
그냥 걸어간다고
풍선이 되어 하늘로 멀리 실을 끊고 날아갔지

너는 증오, 분노를 달고 살아야 한다고 했지
정신 치료를 받아야 한다고
심리 치료를 받아야 한다고

사람 사는 모습은 모두 다 같다고 했어
간절히 바랄 때는 모이지 않았지만
버리면 슬그머니 다가오는 후회

소용돌이치는 저녁 낙엽은 뒤를 조르고,
겨울 산 허공에 비추며
떠나는 그림자같이

다락방

퀘퀘한 다락방에는
과자와 사탕, 그리고 과일이 있어요

비스킷은 오래 되어 버석거리고
사탕은 묵은 맛 그대로예요

부끄럽게 감춘 사탕을 꺼내고
오래된 과자를 먹을 때는
부끄러워 뒤로 숨어버렸죠

매력은 상대적이라 했나요?

그 남자에게 사소한 것이
J에게 특별한 선물이 될 줄 몰랐어요
소중함의 가치는 서로 다른가보죠

뒤를 돌아보았어요
순진한 동굴의 착각이었을까요?

귀한 보석을 알아보지 못한 건지
오랜 과자도 J에게는 달랐죠

달콤함을 느껴보려고요
사랑에 눈이 먼 건 아니겠죠
마음 따라 가치는 변한다는데

생명을 가진 인형

잡화점에서 다람쥐 인형을 입양했습니다
그는 눈을 동그랗게 뜬 채 커다란 도토리를 두 손에 안고
오랫동안 창문을 바라봅니다

나는 생명을 주기 위해 입으로 훅 바람을 불었습니다
"인형아, 인형아 일어나", "어서"

순수성은 말 없는 인형을 깨우고
그는 내 곁에서 일어나 말하기 시작합니다
"감사합니다" "안녕하세요" "사랑합니다"

그에게 이름을 지어주었습니다
가슴에 표를 달고 입양식 하는 날,
독일 병정들은 줄을 지어 도열하고
축포를 쏘며 거창한 퍼레이드로 환영했습니다

그는 인형들의 세계를 이렇게 말했습니다
"마음에는 꽃이 피는데 숨은 꽃이 지지 않으려면 진실한 사랑을 전해야 해요"
그는 어두운 밤보다 밝은 낮을 좋아한다고 말했습니다

함께 여행을 다니며
짙은 구름의 골짜기로 가고 있을 때
발을 잘 못 디딘 인형이 절벽 아래로 떨어지고 말았습니다
그의 몸은 부서지고 팔다리는 동강이 나버렸습니다

난 쓰러진 인형을 살리기 위해
평소 하던 대로 입으로 바람을 힘껏 불었습니다
그러나 인형은 살아나지 못했습니다

그때 하늘에서 음성이 들려왔습니다
"간절함과 순수성이 줄면 입김은 약해지고 인형의 생명을 다
시 살릴 수 없느니라"

에스컬레이터

회전문을 지나 백화점 계단을 만났다
구름에 닿을 듯 펼쳐진 양탄자를 보라!

하늘 그네에 반사된 유리 애드벌룬의 입들이
자본주의의 형광 빛을 마구 산란한다

투명한 천장에 사진을 찍는 아이들
곳곳에 향수 냄새를 파는 소녀들
계단에 그들의 웃음소리를 메운다

정장 차림의 남녀 마네킹의 결혼식에
주례사는 가짜 혼인 서약서를 읽는다

지금부터 혼인식을 거행하겠습니다
평생 배우자를 조건 없이 사랑하겠습니까?
이제 혼인이 성립되었음을 선언한다. 이상

쇼핑 커트에 우수(雨水)의 괴나리봇짐
아! 부서진 조명에 지난 화양연화*(花樣年華)

* 화양연화(花樣年華) : 인생에서 가장 아름답고 행복한 순간을 표현하는 말

도시의 가면

여인의 호기심은 그림 액자에 노틀담 성당의 광채에 파리의 샌느강이 묻혀있었다 이탈리아 폼페이로 가는 도시의 유람선은 화산재 묻혀버린 징표가 있는 곳, 자동차 엔진은 달아오르며

바람은 시베리아의 허스키 목을 적시고, 그들은 쇼핑몰에 마른입을 축이며 번잡한 금융가를 걷고 있었다

여보
그 손을
놓지 마세요

사열대의 군악이 펼쳐지는 만남

구차한 1막의 형식으로 내려간 창백한 창고에 일에 몰두한 우울한 건물, 제발 저를 풀어주세요! 여름을 빗기고 넘어진 자리, 일광을 피한 그늘에 물리적 공식을 쓰면 숲길 공원은 도톰한 입술로 거짓 구애를 보낸다

나를 버리는 이유

집을 버리고 옷을 버립니다
내가 가진 것을 모두 버리는 것은
당신을 만날 수 있다는
희망이 있기 때문입니다

이제 아무도 없는 공간에
혼자 서서 비어있는 곳을 채우고
당신과 살아가야 할 집을 짓습니다

때로는 수풀이 우거진 강변에서
폭포를 역행하는 힘으로 오르다
점점 지쳐가는 님을 위해
제가 가진 모든 것을 바칩니다

세상에서 멀어져 지난 거리를 헤매어
슬프고 우울한 날을 보낼 때
가지고 있는 모든 것을 버리고
진정한 그대의 사랑을 다시 찾았습니다

그것이 오직, 상상이라도
가슴에 채워지지 않으면 고독해지는 것,

당신을 진정 사랑한다는 것은
나를 모두 버리는 이유가 됩니다

아픈 검지

나는 왼쪽 검지를 다쳤습니다. 연고를 바른 후 밴드를 붙였습니다. 소염제는 몸을 다스립니다. 부은 손은 가라앉지 않습니다. 시간이 지나면 좋아질 것이라는 의사의 조언을 믿었습니다. 손가락 근처의 피부는 싸움을 마치고 가라앉기 시작합니다.

많이 아팠나요?
약은 드셨나요?
고통은 어느 정도예요?

손가락의 고통을 잊고 싶었는데 정신은 몸에 지배당했네요. 물이 물방울을 만들고 분리된 붉은 자락은 증발하여 희미한 고체의 형상이 됩니다.

정신이 존재하지 않으면 몸은 사물인가요?

나의 생명은 빛이 나고 혈색이 돕니다. 안에 갈등, 대립, 협동, 균형이 함께 있어요. 움직이지 않는 세계로 이동하는 동안 인연의 길은 온전한 의미로 남을 겁니다.

손가락의 미동은 약한 모습으로부터 벗어나야 합니다. 해방은 종교적 의미로 확산되고 신이 존재한다는 믿음에, 약한 존재를 귀하게 여기는 종교로부터 시작됩니다.

통증으로부터 미래의 불안이 엄습합니다. 아픔을 공유하는 가치는 끝말을 모릅니다.

시간 여행자

이 사진을

선
으
로

해서 걸어갑니다

과거와 현재의 능선에 외선 다리로
망망대해의 배 한 척을 타고 가는
하얀 백로를 발견합니다

시간의 상대성 원리를 찾아가는
여행자가 됩니다

세계의 만국기를 펄럭이며
탐험하는 여행자가 되어
다국적 깃발을 들고
미국, 중국, 영국, 프랑스를 지나
아라비아의 사막으로 갑니다

오아시스에 갈증은 목을 적시고
갈 수 없는 그리움에 추억을
찾아갑니다

기억이 나지 않는 장면도 있지만
흐릿한 사진 한 장 속에
서로 웃고 있는 모습을 발견합니다

모르는 사람들도 있지만
생각이 나진 않아도
보고 싶은 사람, 사라진 사람

자연이 만든 작품을
화가의 작은 붓 하나로 바꿀 수는 없지요

한 시대의 동반자로
걸어온 세월에
바로 우리가
시대의 주인공이었다는 것을

긍정 명제

1조,
부정을 탐하는 자는 어두운 영혼의 밤으로 간다
2조,
남의 것을 빼앗는 자는 하안의 절벽으로 간다
3조,
약자를 괴롭히는 자는 우묵한 늪으로 간다

부칙,
사악한 자는 정신이 도태되는 운명입니다
세칙,
악심의 오판은 저승사자와 동행합니다

명제,
혹세무민(惑世誣民)의 명제를

직
선
으로 추출함은

도피하는 자신을 위한 보호막이기 때문입니다

끝사랑

바보 같은 감정이 살아있다고 고백했어
다솜에 솟아나는 그리움이 숨어있다고

기다린 밤은 외로운 별이 되었지
그 별들은 결국 저기에서 만날까?

초원의 거짓 양치기가 되어 늑대라고 외쳤어

늑대다! 늑대다!
마을 사람들이 몰려왔지만
그 결과는 의미 없는 제로 게임으로

자라온 백발에 메마르게 보이기 싫어서
자신의 이름만을 키웠다고 들었어

넌 처음부터 첫사랑을 믿지 않았지

사랑한다고 말해줘
후회하지 말고
초라하게 늙기 전에

2부

히아신스를 기다리며

언젠가는 사랑은 외로워진다는데
이별을 낭만이라고 할 수 있나요
어쩌면 헤어진다는 것은 자연스러운 현상

비싼 시간을 산다

손목에 낡은 시계를 땅바닥에 버리고
현재에 집착하기로 했다

어느 곳이든 시계가 있는 곳에
한발 더 가까이 다가섰다

저기요, 이곳은 어디인가요?

짧은 사진만 있고 점점 다가오는 순간,

앗!
4시 44분

나쁜 시간을 보고 싶지 않았다
눈을 감고 길은 호흡을 몰아쉬고

숨을
휴
유후
후

명품 시계를 샀다

잊지 않기 위한 것일까?

벽면에 숫자는 사라지지 않는다
비싼 시간을 사고 싶었는데

깊어지는 사랑을

환한 웃음, 고운 눈, 순진한 향기에
펄럭이는 숲속의 나비가 되어
설레이는 그대를 만나러 갑니다

그대와 함께 있으면 사랑인지는 몰라도
더욱 더 외로워집니다

님이여, 슬퍼하는 나를 위로해주세요

사랑이 깊어질수록 잠 못 이루고
하늘을 헤매는 외딴 구름이 됩니다
자정을 알리는 교회의 종소리,
아지랑이 봄이 피어나는 안개처럼
애처로운 사랑도 온 세상에 가득하겠죠

손을 잡고 높은 계단을 올라
힘들게 걸어도 지치지 않는 것은
아마도 그대의 최면일 것입니다

함께 걷는 길에 세찬 소나기가 내리고
우산 하나로 같은 운명을 맞이하기엔 너무 작아서
초조하게 숨 쉬는 손길을
젖은 옷에 슬그머니 그만 감추고 말았습니다

언젠가는 사랑은 외로워진다는데
이별을 낭만이라고 할 수 있나요
어쩌면 헤어진다는 것은 자연스러운 현상

떠나는 그대를 막을 수 있는 건 사랑의 방정식

진정한 사랑은 잡은 손을 놓아주는 거라지만
당신과 함께 영원히 살고 싶은 이유가 있었습니다

전생에서 만나 이어지는 사람
세월에 깊어지는 사랑은 다 할 수 없습니다

그대와 함께 하는 시간이 사라질까봐
초조한 마음이 들 때도 있지만

영원히 간직할게요 당신의 기억들을

꼭꼭 감추어둔 추억을 지키기 위해
꿈속에 저축해놓은 그대를 꺼내지 못할 때도 있지만

소중히 간직할래요 깊어지는 사랑을

신성모독

현대 도시 거리에
까만 갓에 하얀 수염에 세워진
지조의 한학자 갓선비
향나무 지팡이, 하늘을 호위하는 용기는
같은 시간과 장소에 멈춰섰다

6·25 전쟁에 헤어진 아들의
생사를 찾는 비문을
조선팔도에 세워놓고
외로운 배의 노를 젓는구나

사연에 여식은 정성으로 받들었지만
타인의 욕심은 산과 묘소를 버리는
기막힌 행동을 행하고 말았다는데

화장은 부관참시라는 유언을 잊었는가
위험한 신성 모독을 범하다니

아! 묻혀버린 애통한 역사의 자취여

가곡의 밤

운치가 흐르는 아름다운 밤의 무대에
춤추는 나비가 지휘봉을 따라갑니다
피아노 바이올린 첼로 더블베이스 플롯
악기축제는 관중을 포근히 안았습니다
무대에 잔잔한 처녀 음악이 흐르고
서막에 비친 선율이 우아하게 등장합니다
테너 소프라노 메조소프라노 바리톤 알토
음보에 정신을 쓰다듬으며 맡깁니다
금강산에 비목은 초연히 지나갑니다
모차르트 베에토벤 쇼팽 슈베르트 바흐
음악가는 곡을 요리하며 담아냅니다
청중을 태운 배는 노래를 띄우고
하모니는 어우러져 바다로 나아갑니다

도덕경(道德經)

굶주림에 경쟁으로 다투는 세상에
노숙자로 버려진 적이 있나요

안빈낙도(安貧樂道)에
수족(手足)이 하자는 자연의 순리를 수용합니다

예측되지 않는 확률의 주사위에
미래의 밝은 날을 기다려봅니다

노자* 가라사대,

인생의 막차를
급하게 부르며
서두르지 말지어다

무위자연(無爲自然)에 순종하면
삶을 치유하는 종착역으로 머무는 것을
이리 변하는 것을

* 노자: 춘추시대 사람으로, 도가의 창시자로 전해지는 인물

안경

한동안 두고두고 파란색으로 보였습니다
어떻게 받아들여야 할지
처음에는 잘 몰랐습니다
다른 사람은 빨간색이라는데
그녀는 우기지도 부정하지도 않았습니다
아무리 봐도 그는 파란색으로 보였기 때문입니다

그날부터 눈 앞에는
집도 사람도 옷도
모두 파란색의 세상이 펼쳐졌습니다
이후 단 한 번도 바뀌지도 않고
그 사람도 파란 세상에 파랑색으로 보였습니다

보아도 보아도 그대로
세월에 흐르지 않았을까
같은 갭은 시간에 상관없이
전부터 그 곳에서 늘 지켜준 사람이었습니다

신께서는 멈춘 그대로를 누릴 수 있게 했나봅니다
설령 아닐지라도,
바보 같은 눈을 주시고
감사합니다 고맙습니다

눈물에 젖은 그의 눈에 진리가 있고
눈에도 진실이 있습니다

이성(理性)에 흔들리는 꽃은 아니겠지요
세태에 바뀌지 않는 사람이 있을까요
그냥 처음처럼 그대로가 되고 싶습니다
처음 만난 느낌처럼

신세계로 가는 길

여긴 어디인가요
이 도시는 마르세이유*에 있나요
본머스, 쾰른*, 마카오는 아닌듯한데
네온사인을 널어놓은 홍등가에 취해
넘어져 쓰러질듯해요 와보았던 것 같은데

그때는 나이 드신 노인이 많았죠
회색 거리에 우울하게 만들었던 그날은
나를 포기하려 했죠

지금은 젊은이로 북적입니다
도시의 풍경은 우아하고 착해요
비행기, 아래에 신세계가 보여요
건물은 성냥갑처럼 늘어져 불을 밝히고
가로등은 조깅을 하고 있어요

타임머신을 타고 왔다고
조그만 입을 조아리며
지나간 세월의 고통은 잊힐 거라고
하얀 구름이 쫓아오네요

*마르세이유 : 프랑스의 도시, 본머스: 영국의 도시

*퀼른 : 독일의 도시

도돌이표

어지러운 횡선을 그린다 불빛에 좋아하는 나방은 비행 곡예로 맺고 캄캄한 상념의 방에 널려있는 생각, 스크린의 날벌레를 손가락으로 누르고 우연한 자연의 폭력을 행한다

1차 방정식은 2차 방정식으로 가는 긍정의 힘이라는데, 명제는 긍정과 부정에 대해 묻는다 부자를 정당화하는 기술, 보호되지 않은 환자의 위로, 가식을 보편성으로 포장하는 위선, 잘못된 미래를 꿈꾸는 곡선,

시선의 이름표를 떼어내면 꼬리처럼 따라오는 부정의 환영(幻影)이다 같은 기억에 또 다른 기억의 오버랩이 되어 같은 동선을 맴도는 회전문 자리의 외침, 별난 세습의 자리는 물질과 정신에 구속된 우리의 악연이다

방앗간

달동네 이발소 옆 방앗간에
허리 굽은 한 노인이 있었죠

범벅된 땀과 주름진 손으로
마른 고추를 기계에 넣으면
매운 냄새가 코를 찌릅니다

고추 가루가 가는 목을 숨기고
비닐에 빨간 가루로 쌓이면
손님은 바쁜 탈곡기를 잡으며
새벽의 전화기는 부재중입니다

어느 비오는 날,
침입한 포클레인은 모든 것을
허물고 말았습니다

추억도 사람도 건물도
평생 살았던 그 곳에
고층아파트를 분양한다고요?

히아신스를 기다리며

우리는 마른 공기로 벽화를 그렸죠

절벽의 골짜기 나들목에
수목의 녹음을 걷다보면 그대가 생각이 납니다

초록 향기를 남기고 간 히아신스여

아쉬운 모습을 남기고
떠나는 마지막 날을 기억하고 있어요

시간을 뒤로 돌릴 수 있다면
손을 잡고서 막았을 텐데

다짐했던 약속은 하얀 물거품이 되고

눈꽃 핀 나무를 데우면 그대를 잊을 거라 했는데

아련하게 들려오는 목소리
간간히 떠오르는 앳된 소년의 모습

밤을 새우는 샛별이 외로운데
산에서 부는 바람이 이리 시린데
이토록 아픈데

달빛의 생명

달을 그릇에 조심스레 담고
문질러 달빛으로 씻은 후
고향의 옛살비에 향수를

구름에 비가 씻긴 물에
마지막 꽃잎이 떨어질 때는
너는 그 자리에 없었다

홀로 가는 것이 두려워
바닥에 가만히 엎드려
이 줄을 잡고 걸었다

생사(生死)의 기로에 선 은행잎
너는 단풍으로도 숨 쉬며
살아 있었다는 것을

이렇게 고동치는 피부를
붉은 심장으로 느끼는
물질의 생명력이 여기 있다

어린 시인

우연히 어린 시인의 시를 읽었어요

「오늘 낮에는
눈이 소복소복 내리네
꽃이랑 재미있게 놀고 싶다고
하늘에서 내려주는
특별한 선물인가 봐,
그러기에
재밌게 꽃들과 놀고 싶은
친구들에게만 소리 없이
소복소복 내리지」

무심코 지나간 그 자리
그때의 하얀 눈길에
우리 아이의 숨결을 느껴봅니다
잡은 손길이 서서히 따뜻해집니다

재봉틀

가까이 갈 수 없는 손에 닿지 않는 장롱에
안개처럼 떠오른 과거 한 개를 꺼내보았습니다

날 샌 틈으로 희미하게 귀 열린 바늘의 겨울밤
어머니는 맡겨진 하루 품삯 저고리를 자르고

여덟 살배기 아이는 뜨거운 호떡을 불며
엄마 옆에 천천히 푼푼한 잠이 들었죠

풀풀 나는 먼지에 검은 재봉틀을 꺼내어
돋보기에 마비된 손에
가는 명주실로 남루한 천을 가르면

아이의 키는 하늘로 높이 닿을 듯합니다

화석의 기억

지진에 쪼개진 빗물에 솟는 선샘, 도망치며 내려온 그날의 응축과 기다림, 일어나는 아침에 손짓하는 여인의

목구멍에
입술에
혀에
기억이 있다

초롱초롱한 감시망에 한곳만을 응시하는 사과가 있어, 잠가 놓은 비석은 동아줄로 결박되고 삭정이 포로가 되어 동굴의 자유를 땅에 내려놓은 거야 저 산 너머에는 무엇이 있을까

육체를 떠나지 않는 미이라, 영원히 사는 샘물로 수만 년의 흔적은 검은 돌이 되어 수십 리의 지하에 있다 대지의 슬픈 어둠에 가려진 희망은 파릇한 잎과 줄기가 되어

산길에 널은 길이 봄바람과 만나는 날, 화석이 눈을 뜬다 그리운 사람을 묻지 말라고 타울거리며 내게 찾아왔다

3부

파도가 밀려오는 것은

새벽 호수를 일으키는 것은
저잣거리의 잡초 같은, 하루살이 같은 나를
에둘러 너에게 보여주고 싶기 때문이었다

우리라는 것

나는 설핀 눈길에서 너를 만났고
너는 짧은 날에 새가 되었지

온 세상이 겹쳐진 삶의 교집합에 있기에
이를 우리라고 명명하고 싶다

전혀 어울리지 않는 조합
흐드러진 자연의 일상(日常)속
곡선이 만나는 그 자리에

순환의 자화상을 그리는 섭리로
사연이 얽힌 자리의 공통의 운명을 만들고

때로는 혼자만의
그늘의 자리에서 숨을 쉰다

서로의 지친
상흔을 씻어내며
나무 밑동의 그루터기로 남고 싶었지

톨스토이*

반짝이는 마음은 슬며시 다가옵니다 홀로 부끄러운 씨앗은 물을 댕기고 줄기가 되어 튼실한 과일을 만들어 사색하는 생명의 나무가 되었습니다 짙은 바다의 해미는 붉은 립스틱 입술로 말합니다

살아서 행복한 하루는 시간에 하늘로 사라진다는 소문에 존재의 의미는 신화속의 철학으로 갑니다

톨스토이의 가출은 화려한 막에 의문을, 비폭력의 사상은 종교적 반항의 의미를 남깁니다 그의 지혜는 문학과 철학으로 배우고 『전쟁과 평화』 『안나 카레니아』는 도서관의 공간을 채우지 못한 채 독자의 장기 대출로 넘어갑니다

방황의 톨스토이를 이해하고자 하는 그들의 욕망에 우리들은 갇혀있습니다 종교와 죽음의 갈림길에 사색하는 그를 잊지 못하겠습니다

* 톨스토이[Lev Nikolayevich Tolstoy]: 19세기 러시아를 대표하는 위대한 작가 겸 사상가.

피스미스* 공주

파란 얼굴의 여인을 만났죠
외계의 별 성단
피스미스에서 내려온 그녀는
사랑을 고백했었죠
바보처럼 꿈에선 벗어나고만 싶어서
다른 여인을 사랑한다고 했죠
그렇게 밤이 새도록 별이 서러워 울다
잠이 들었던 꿈 길 이야기
마음 설레는 새벽녘 아침
착한 햇살이 창살을 비추면
가만히, 가만히, 생각해요,
눈을 감아도 이어지지 않고
이슬이 눈가에 촉촉하게 남아요
피스미스 별로 갔을까
서럽게 흐르던 눈물은 그쳤겠죠
깊은 꿈으로 가고 싶은데
자꾸만 흔들거리는 비탈길로 가네요
어두운 블랙홀로 가지요

* 피스미스 : 산개 성단에서 가장 눈에 띄는 별이며 성단 가운데서 유난히 밝게 빛나는 별이다.

쉼터

그의 생명은 단 하루라도 쉬고 싶었지

바빌로니아*인의 달력을 동경해
그들의 위대한 열정을
일탈을 하는 동안에 뇌는 호흡하며
물레방아처럼 돌아가는 숫자들
메트로놈은 탬버린 박자에 리듬을 탄다

그리운 호롱 빛을 만날 수 있을까
이제 호사로운 선물은 그만,

달력에 벽돌을 짓고 기둥을 쌓아
빨간 휴일을 만들어보자
쉼터는 고단한 삶을 안는다 했지

* 바빌로니아(Babylonia) : 메소포타미아 남쪽의 고대 왕국으로 달력을 사용했다.

바람 소리

향수 나라 감나무 밑에는 바람이 분다
남녀는 서로 좋아 들녘 마루에서 자고
내 곁으로 살살거리는 그 목소리 들려준다

따뜻한 구름과 솜사탕도 부럽다

사람의 마음은 항상 잠잠하고 바닥이라 눕지만
그 본성은 어떤 순간에도 어떤 상황에서도
천장에서 뱀이 똬리 틀 때까지
그렇게 의미심장하게 다가오곤 했었다

가끔은 서로의 이야기가 어울리지 않아도
우리의 세계인데 실제인데
특별히 어울리는 것이 또 무엇이겠는가

샛바람이 분다, 하늬바람이 분다
솔깃한 말들이 귓불을 타고 바람을 타고
몸을 간지럽히며 온다

움직여지지 않는 본성은 질투를 품는다

사랑은 늘 이런 순간에 찾아와
짜릿한 감수성도
늘 이렇게 무너졌다는 것을

가슴에 흔들리는, 가끔은 그 소리에도
바람을 타고 오는 멈추지 않는 사랑

파도가 밀려오는 것은

돌멩이를 던져 잠든 호수를 깨운다

일렁이는 물결은 파장을 만들고 다시 파동이 되어
내 마음의 파도로 밀려들어왔다

새벽 호수를 일으키는 것은
저잣거리의 잡초 같은, 하루살이 같은 나를
에둘러 너에게 보여주고 싶기 때문이었다

나는 파도처럼 산산이 부서지고 있었다

다시 찾아오는 짧은 외로움 하나도
너의 눈빛 한줄기가 무관심한 시선을 채워주고
잠재워줄 수 있다는 희망을 삼키면서
하얀 파도로 밀려와 나를 적시고 부서졌다

더러운 옷, 거친 피부, 지친 심장까지도
깨끗이 닦아주고 씻어주었다

모든 것을 새롭게 시작하자
인생은 주어지는 것이 아니라 만드는 것이라고
파도는 달콤하게 속삭였다

이제는 다른 세상과 공유하고 합일(合一)한다

흐린 글이지만 낯설지 않게
서투르지만 진실하게
한걸음씩 너에게 더 가까이 다가서기 위해서

시의 나라

시를 쓰며 달콤한 수박에 꽃길을 걸었어요
그런데 목이 타버릴 듯합니다

사막을 걷고 오아시스를 만나
함정에 쇠사슬로 손이 묶였죠

설탕은 짙은 비린내가 되어 토할 것 같아요

시를 쓰면 행복할 줄 알았는데
나무 가지를 흔들고
무너진 탑은 어찌할까요

상상하면 이룰 수 있는,
초라한 자취를 지우고
낡은 집을 허물고 갈게요

시로 건물을 짓고
시로 밥을 하고
시로 사람을 통치하는

행복한 시의 나라로 갈래요

아지랑이 꽃

길가에 피어나는
노란 아지랑이 꽃

다가서 살며시 당신을 불러봅니다

선선한 파도 물에
담가 놓은
구슬픈 뱃고동 소리

가만히 귀를 대고 들어보니
내 곁에 가까이 있는 것 같아

살며시 코를 대고 느껴보니
내 곁에 편히 잠든 것 같아

파란 목조 그네를 타고
서쪽으로 날아가는 철새를 만나

깊이 간직한 애타는 사연을 보냅니다

고이 모아놓은 사랑을 전합니다

계룡산 여우비

열기를 시샘하는 비가 내린다

무더운 여름을 깨우며
기우제에 답하는 감사의 길목

아, 카타르시스!

여울목 기암괴석 사이
협협 계곡에 차는 물길에
몸과 정신을 정갈하게 씻어내고

계룡산 산야(山野)를 오르는 천에
물마루 높이 산란하는 정오,

양탄자 구름 더운 한숨을 몰아쉬고
비 그친 동학사 경사진 계단에
휘감은 무지개를 보았네

아, 고난의 산을 넘는 우리의 인생사

사랑의 정의

속삭이는 풀잎에 기울여봐
간드러진 사랑을 고백하는 소리

어머니 품에 얼굴을 묻어봐
포근한 사랑이 느껴지는지

순백의 눈물을 닦아봐
첫사랑이 눈동자에 비치는지

노년의 흰 백발을 세어봐
세월의 흔적이 정에 남아있는지

하늘을 수놓은 눈을 그려봐
사랑 꽃이 허공에 휘날리는지

병들고 가난한 그녀를 안아봐
연민이 따뜻하게 느껴지는지

춤추는 꽃내음을 맡아봐
벌 사랑이 꽃술에 묻어있는지

G선상의 아리아

침묵하는 아침이다

물빛 윤슬에 떠오른 잎사귀
돌아온 강을 깊게 가른다

오전을 날아가는 잠자리,

떨어지는 이슬을 마시고
고된 직장의 길섶에 기댄 채

자리를 펼친 실업의 그림자

실직자가 되던 그날,

그의 아바타는
길거리 네온의 도시를 위협하고

생계의 밤을 저리 헤매다
노들 공원 벤치에 앉은 피아노에

가난한 손을 올리고
건반을 조율하며 두드린다

'G선상의 아리아' 'G선상의 아리아'

위로하는 그 노래, 그 선율

* G선상의 아리아 : 관현악 모음곡 제3번(관현악곡)의 제2악장 아리아를 19세기의 명 바이올리니스트 빌헬미(August Wilhelmj, 1845~1908)가 독주 바이올린의 G선용으로 편곡한 것이다.

온라인 하트

우리의 연극은 언제 끝나죠?

관람석은 매진입니다
주인공은 비운의 여인

초기 화면의 리셋을 누르지 마세요

몇 겹의 색 가면을 쓰고
SNS사랑을 하고 있어요
로미오와 줄리엣의 슬픈 사랑은
차라리 우리보다는 나아요

고백을 밤새 기다렸어요
하트는 밤을 밝히고
발가락은 흥겨운 춤을 추네요

호기심은 눈동자를 둥글게 하네요
남자의 손바닥이 차가와지고
코드 전원이 꺼지면

우린 이별 준비를 해야 합니다

이제 하얀 아침이 올 거예요

태양은
과거를 잊게 해주겠죠

짜릿한 사랑을 꺼줄

스크린

끝
으
로

빨간 촛농이 흐르고 있어요

남과 여

더불어 살아가는 그들에게
수억 개의 행성은 다르지만
서로 공유하는 별이 있지요

태생부터 다른 별인데 보이는 게 다르답니다

남녀의 우주관이 다른데
서로 다른 이론에, 다른 논쟁으로 말해요
가만히 두드려보면 닮은 곳이 있는 사람

은하수가 흐르는 저 끝에

금성의 별
화성의 별

그곳은 우리가 살아가는 한 개의 초록별인데

따뜻한 겨울

그렇게 그놈에게 버려진 이후, 자라는 새까만 수염은 하얗게 변하고 가야할 길을 재촉했지만 그 남자는 머무르기로 한 것이다

우연히
골목길
백반 식당에서
밥을 훔치는 순간

책 구절에 가난한 폰은 연달아 울리고, 오히려 밥 한 그릇을 주시는 아주머니의 인정에 눈물은 국물에 더해져 짠 바닷물이 되어 먹을 수가 없게 되었다 그들은 모두 놀랍게도 배는 고파서 먹는 게 아니라 내장을 채우는 의무라고 했다

그 남자의 주머니에 남은 천 원 한 장으로 씨를 심고 자라난 햇빛으로 종려나무를 키운다 나무줄기로 넓은 우산을 만들어 머리위로 펼쳤다 그 해 광장의 촛불은 사람들의 호주머니에서 쏟아져 얼었던 마음을 녹여주었다

냄새

누구에게나 냄새가 있다고 하는데

그들만큼은 아무 냄새가 나지 않는다고
사람들이 말한다

그런데,

그들에게 왜 이상한 냄새가 날까

이런 냄새, 저런 냄새…

내게 탁한 비염이 있어서 그럴 수 있다
몸에서 나는 체취일수도 있다

4부

카리용(carillon)

한 사발의 막걸리에 춤사위를 벌이고
눈물진 트로트로 애환을 나를 때에도

그때는 무슨 일인지를 알지 못했죠
지난 그 시절을 이제는 이해할 듯합니다

낙엽아, 낙엽아

낙엽아, 낙엽아,
나무와 이별을 슬퍼하지 말자

뿌리 끝에 소망을 채우면
양분이 되어 파릇한 싹을 돋우고
새 생명으로 다시 태어날 것 아니냐

낙엽아, 낙엽아,
나무의 죽음을 슬퍼하지 말자

헤어짐은 그리움으로
겨울 눈꽃에 살포시 묻혀
아지랑이 피어오르는 봄날에
우리 모두 함께 만나
환하게 웃음 지을 것 아니냐

천년의 상상

노을에 바다를 사모한 태양은
자리를 양보하고 사라진다
어스름 저녁에 환생하는 꿈을 찾아
냉정한 새벽 공기는 다가와
슬그머니 숨결을 보듬어
순백 아기로 다시 세상에 태어난다
파릇한 새순으로 피어나
자맥질로 노를 저어도
천년의 하늘을 볼 수 없는 슬픔에
헛되고 헛된 자리는
하얗게 벌써 물이 들었나보다

카리용(carillon)*

그 마을의 그녀는 12시가 되면 12번의 종을 친다

까만 하늘의 황홀한 꽃별 같은 카프리콘*, 파이시스

천상의 소리는 잠결을 인도하는 통로
성탑에 날아온 천사는 피아노 건반에
천상의 소리를 음계의 줄로 지어낸다

열두 번의 색깔로 다르게 변하는 카리용
모아지는 선에 따라오는 바다의 풍경화

새는 밤거리 공간을 유유자적 난다
그 아래에, 저 희미한 곳으로

보고 싶은 집으로 모여 살던
잠자리를 타고 들어오던 귓전의 울림
곁에서 위로해주고 보듬어주던 카리용

이른 아침, 그녀를 만나러 가는 길이 설레인다

* 카리용(carillon) : 많은 종을 음계 순서대로 달아놓고 치는 악기이다.
* 카프리콘 : 염소자리, 파이시스: 물고기자리

별과 헤어진 날

설핏한 햇살이 피던 그날, 우린 만났지

하늘이 무너지는 날은 오지 않을 거라고 생각했어
두 다리에 멍울이 부풀고
거울에 비치는 하늘의 심판을 받아
소문에 분노는 산을 넘고
그늘에 숨어있었던 의자는 링거의 고리에 깨지고
은빛 날개는 꺾이고 말았어
별들이 바람에 흩어지고
수선화가 강에 입을 맞출 때
점점 짧아지는 신호음, 푸른 침대로 가는 접경에

너와 헤어진 그 날을 생각해

문을 노크할 때

오해로 얼룩진 문을 노크 합니다

한층 높아진 언덕의 문고리,
그땐 그 곳에서 함께 있었는데

칼날의 예리함을 원망했지만
소심한 인형이 중앙에 앉아
자리를 찾을 수 없었습니다

갈증에 타는 목마름에도
시원한 물을 내주지 않아
숨긴 마음은 열리지 않습니다

감추며 은은한 빛을 발하는
은가비로 열린 시선을 발하고
조각난 심상(心傷)을 닦아봅니다

진정한 용서와 화해로 미로를 잇는
언덕의 둔덕을 어루만질 때
그 높이는 점차 낮아질 겁니다

피에로

착한 물줄기의
분수대
서막의 프롤로그,

로데오에
노래하는
피
에
로

당신은 어둠의 속과 다르게
춤을 추며 공을 굴렸죠

가는 부슬비에 가면을 감추고
흙을 잡고 초원으로 나가서
나쁜 곡예의 마술에 쫓기어
썩은 동아줄을 잡은 채로
내친 강풍에 떨어진 겁니다

급한 구급차의 사이렌 소리에
놀란 공연 단원들이 몰려들었죠

커다란 영화의 조명이 켜지고

〈End〉

바닥에 떨어진 가면,

무대의 피에로는 관객이 되어
구석에서 이렇게 슬퍼하며
흐느끼고 있었습니다

구두 한 켤레

병마에 그치지 않는 기침에
즐거운 웃음을 뒤로 하고
스며드는 인기척에 간신히 일어나
출처를 알 수 없는 스팸 광고에
어지러운 알람 소리를 끈다
혼자 말하고 대답하는 순간이 지나고
밥과 반찬이 흙으로 잡탕이 되어버리면
봇짐을 풀고 구름에 장사 가는 날
집을 떠나는 초점 없는 눈동자
놀라서 고쳐 들어보는 아내의 목청
흰 두루마리 입고서
갈 길 밭은 걸음 툇마루를 박차고
문설주에 뛰어 나가는 발등
남은 구두 한 켤레

국화 한 송이

가느다란 국화 한 송이
바구니에 살며시 담아 놓고
오신다는 기약도 없이
무정하게 떠나가신 님이여

하늘 향해 푸석이는 날갯짓 펴고

꿈에서라도 그리운 그대를 만나
참았던 마른 웃음을 지어보련다

목을 내어 전하는 음성에
지순한 하늘의 인연을 간직한
정성을 한술에 고이 담아

반절은 서러운 구름에 담고
반절은 품에 안고 내려와

떠난 님이 보고 싶을 때마다
가득 가득 채워 놓으면 어떠리

사육의 손 편지

초승달이 된 엄마 보세요,
촉박한 시간에 침이 마르고
거친 공간의 가축의 사육은
생각의 자락을 구속하네요
다르고 이기적인 사람들
그들은 나를 좋아하지 않아요
어둡고 고요한 밤에
가만히 외로운 별을 바라봅니다
밝게 뜬 반딧불이가 보이고
한밤에 슬그머니 태어난
선인장 꽃들과도 사귀었어요
정말 이런 사육된 현실은 싫어요
서서히 죽어가는 마른 침묵은
한줄기 눈물로 고이고 있네요
하늘 꽃 가람 반짝거리는 곳
정겨운 그날이 생각이 나요
엄마와 살 때가 그립습니다
그리운 엄마 곁으로 가고 싶어요

온새미

처음인데

오롯
하고

어디로부터 시작되었는지

돌아갈 곳을 모른 채
생명의 유전자가 흐르네

높은 곳에서 낮은 곳으로
물에 대한 상념

자연스러운 순리로
세대전승 계승하여

가르치고 배우지 않아도

하늘의 천성을 그대로
간직하고 있는
온새미

닻별의 창조

스위치를 누르고 차가운 언 불을 켠다

사과나무를 심으면 팔색조는 미려(美麗)하다

생명을 낚는 매개체(媒介體),

녹색 신호등의 명령에
비나리의 구름 속
하얀 불을 댕기면
창조되는
세상

그런데 신화의 동굴에 마늘이 보이지 않았다

빨갛게 열린 사과를 도둑 서리로 뺏어
빙하기를 거친 북풍에 태양의 흑점은 식고

선택을 거부하면 따뜻한 식빵이 식는데
창조를 굳이 자를 필요가 없지 않은가

카시오페아*는 동면의 잠을 잔다
스위치를 누르고 잠자는 닻별*을 깨운다

* 카시오페아(Cassiopeia) 자리 : 북쪽 하늘의 별자리로, 자만하여 겨룰 이가 없는 아름다움을 자랑했던 카시오페이아 여왕을 나타낸다. 동아시아의 별자리에서는 '왕량' 별자리에 해당된다.

* 닻별 : 카시오페이아 자리의 다른 이름

문명의 중독

빨갛게 눈이
충혈이 되었습니다
컴퓨터 바닥을 쉴 새 없이
누르고 있었습니다

몸과 정신을
물질로 결박당한 채
소중한 영혼의 자유를
완전히 잃었죠

그대의 포로가 되어버린 지금
당신은 사랑을 주장하지 마세요

자유를 떠나지 않는 새처럼
불편한 옷을 벗고
원시인이 되어

그대의 영혼이 닿지 않는 곳
신비한 나라로 가고 싶습니다

미확인 메시지

천사들의 옷자락에 하늘을 경외하려고

수평선으로 자취를 숨긴 적막이 흐르는 저녁나절에
달빛은 고요히 바다를 비춥니다

잠에서 깨어났지만 대답 없는 엄마!

새벽 공기에 다이얼을 타고 넘어온
전화 부스로 가까이 들려오는 목소리에

"미확인 음성 메시지 한 개가 있습니다"

'거친 낙타 등에 머물러
어린 손가락으로 손꼽아 기다리는
돼지 저금통을 지켰던 널 보며,
회색 사진 빛은 늘 이렇게 남아
발끝에 전해오는 차가운 냉기
말도없이 엄마가 먼저
너를 떠나가서 미안해'

눈물의 씨앗

당신의 멋들어진 노랫가락에 휘어지는 추임새
불안한 악보를 그때는 이해하지 못했습니다

한 사발의 막걸리에 춤사위를 벌이고
눈물진 트로트로 애환을 나를 때에도

그때는 무슨 일인지를 알지 못했죠
지난 그 시절을 이제는 이해할 듯합니다

얼마나 아프고 절망스러웠는지를
가난과 풍파에 이리 저리 헤매었던 날

인터넷 유튜브로 검색한 그 노래
하루 종일 연습하고 마음껏 소리 내어
유수에 역전이 된다 하더라도
다시는 오지 않을 소용없는 시절인데

당신은 사랑은 눈물의 씨앗이라고 했죠

사랑은 이별의 씨앗이라고 했죠

시인의 해설

저자 최동열 씀

시인의 해설

저자 최동열 씀

통찰의 느낌표(!)

눈을 감으려다 문득,

생각나는 사람, 어디에 있을까

촌철살인(寸鐵殺人)과 같은
그의 한마디가
심장의 정곡을 찌른다

그리우면 그립다고 말해!
FM주파수는 99점 9메가!

날카로운 비수 같은 말이

몸으로 춤을 춘다

통찰(通察)의 느낌표(!)는
전혀 야하지 않다

–「통찰의 느낌표(!)」 전문

지나온 시간을 생각하면 보고 싶고 그리운 사람이 있을 것이다. 과거의 환경과 지나간 사건들을 회상하며 그 정취를 느낄 수 있다. 사실 속에서 주마등처럼 떠오르는 모습, 대화, 행동 등이 평생 동안 기억날 수 있다. 때로는 당시에 했던 말이나 행동을 후회하기도 하며 즐거운 생각에 미소 짓기도 한다.

"촌철살인(寸鐵殺人)과 같은/그의 한마디가/심장의 정곡을 찌른다//그리우면 그립다고 말해!/FM주파수는 99점 9메가!"에서 그 당시에는 솔직하지 못했지만 지금은 말하고 싶은 것이 있을 것이다. 그리우면 그립다고 말할 수 있는 용기가 필요했던 것이다. 간혹 표현들이 익숙하지 않아서 평생을 오해를 하기도 한다. 인격적 모독의 말과 행동은 당연 예외가 되지만 설령 내용이나 표현이 야하거나 격하다고 할지라도 진심에서 우러난 사실은 왜곡되지 않는다. 때로는 라디오에서 들리는 정겨운 음악을 청취해보자! 느낌표가 떠오르지 않는가? 시에서 "99점 9메가!"라고 말 한 이유가 무엇일까?

이 또한 모두의 느낌표(!)이다. 느낌표는 깊이 있는 고찰이고 반성의 의미도 존재한다. 미완성의 주파수는 대상에 대한 그리움과 징표이다. 시간을 초월한 사랑의 완성을 추구하는 화자의 심리가 고스란히 드러나고 있는 것이다.

날아간 파랑새

바람이 훔친 물가로
뼈를 붙이고 날아간 파랑새

불에 그슬린 숯이 마른 꽃은
서린 아치 모양으로 흔들리고

-중략-

여미진 찬 놀에 외출을 마치고
고향의 숲으로 날아온 새

젖은 날개를 불에 말리고

보고픈 엄마 품에
떨어진 뼈를 붙이고 있었네

-「날아간 파랑새」 전문

경제 성장기에는 일자리와 학업 등의 이유로 농촌의 청년들이 도시로 이동하는 이촌 향도 현상이 많이 나타났다. 시에서는 고향의 의미를 농촌만을 배경으로 하는 것은 아니고 그 이외의 다른 세계가 존재한다. 고향을 떠나는 젊은이들이 갖추어야 할 덕목으로 사랑과 효와 정의 등이 있다. 타지에서 살아가려면 고향의 정신을 잊지 않아야 한다. 고향의 정신을 잊는 것은 그 뿌리를 잃는 것과 같다.

불행하게도 타향에서 방황하다 고향을 갈수 없는 처지가 될 수 있다. "뼈를 붙이고 날아간 파랑새"에서 뼈는 화자의 고향이며 어머니이다. 타향에서도 고향의 정신을 버릴 수 없다. "여미진 찬 놀에 오랜 외출을 마치고/바닷길 고향의 숲으로 날아온 새"에서 표현하듯이 고향을 떠난 후에는 귀소 본능에 의해 다시 돌아온다. 시에서 "젖은 날개"는 타향의 설움으로 비유되어 있다. "떨어진 뼈를 붙이고 있었네"에서 말하듯 "뼈"는 보고 싶은 고향과 어머니의 품으로 안착하는 상징으로 볼 수 있다.

낙화(落花)

잠에서 깨어난 꽃잎이
가벼운 옷을 나풀거리며
힘없이 바닥으로 떨어졌다

너의 짧은 삶의 자리는 지킬 수 없어
긴 휴식으로 돌아누운 것일까

춤사위에
곡선이 좋은 잎이 떠있다

신기루에 달콤한 키스는
바람이 품은 자리에
공기처럼 산산이 흩어져

바닥에 홀로 기댄 속삭임에
물빛 구름 한 점이 멀리 보이고

달콤한 거울의
유혹의 말에
빨간 입술이 무너졌다

바람에 나부끼는 꽃잎이 떨어진다

내 사랑하는

꽃
잎
이

울고 있다

—「낙화」 전문

가련한 꽃잎이 오랜 잠에서 깨어나 바닥으로 떨어진다. 가벼운 옷을 나풀거리며 힘없이 떨어진다. 일생의 삶을 마치고 돌아가는 꽃잎은 낙화에 비유된다. "너의 짧은 삶의 자리는 진정 지킬 수 없어/긴 휴식으로 돌아누운 것일까"에서 시인은 시련의 현대인 모습을 마지막 죽음의 낙화로 암시해준다.

"신기루에 달콤한 키스는 바람이 품은 자리에/공기처럼 산산이 흩어져"에서 꽃잎이 낙화한 자리의 입맞춤은 오아시스의 신기루처럼 바람에 흩어져 흔적 없이 사라지고 만다. 무상한 인생의 단면을 나타내주는 표현이다. 세상에서 가장 사랑하는 존재가 꽃잎이 되어 떨어진다는 것은 큰 슬픔에 기인한다. "바람에 나부끼는 꽃잎이 떨어진다/내 사랑하는/꽃잎이/울고 있다"에서 말하듯이 바람에 휘날리는 꽃잎의 이별은 스스로의 의지와 상관없다. 하나의 꽃잎마저 힘없이 낙화하는 것은 자연의 숙명처럼 가족, 친족, 애인, 친구 등과의 이별을 슬퍼한다.

메아리

겨울 민둥산에 올라가 너를 처음 보았어
입은 한 개가 아니었지
손과 발은 다섯 개
너를 볼 때부터 생각했어
괴물이라 생각한 적은 없어
동물적 감각의 그늘에 발을 푹 담근 거니까

목적이 뭐니, 그 잘난 욕심의 끝,
순간의 선택에 모든 것을 감춘거야?

추억이 아까워 주워 담아 앨범에 넣었어
한 번도 걸어보지 않은 길을
그냥 걸어간다고
풍선이 되어 하늘로 멀리 실을 끊고 날아갔지

너는 증오, 분노를 달고 살아야 한다고 했지
정신 치료를 받아야 한다고
심리 치료를 받아야 한다고

사람 사는 모습은 모두 다 같다고 했어
간절히 바랄 때는 모이지 않았지만
버리면 슬그머니 다가오는 후회

소용돌이치는 저녁 낙엽은 뒤를 조르고,
겨울 산 허공에 비추며
떠나는 그림자같이

–「메아리」 전문

겨울 산 정상에 올라 외친 함성의 메아리는 자아의 심리적 상태에 따라 공허하고 황량하게 들리기도 한다. 겨울 산의 벌거벗은 정상에서 외치는 목소리는 반성과 성찰로 다가온다. "너를 볼 때부터 생각했어, 괴물이라 생각한 적은 없어/동물적 감각의 그늘에 발을 담근 거니까"에서 표현하듯 괴물이 되고 싶지는 않지만 본성은 동물적 감각과 욕망에 의존하는 화자의 열등감에 기인한다. 자신을 비하하는 것이 아니라 성찰하려는 시도인 것이다. 세태에 불완전성의 존재가 욕망에 물들여져있다. "너는 증오, 분노를 달고 살아야 한다고 했지"에서 말하듯 한 번도 걸어가지 않은 세계를 화자가 짊어지고 견뎌야하는 단면을 보여주고 있는 것이다.

증오와 분노를 달아야 할 만큼 삶이 굴곡지다면 화자의 단면도 이해될 수 있다. "소용돌이치는 저녁 낙엽은 뒤를 조르고/겨울 산 허공에 비추며 떠나는 그림자같이"에 말하듯이 겨울 산의 메아리는 가을의 뒷자락에서 이어지는 겨울의 한파와 그를 통해 나타내는 회고와 고독함의 표현이다.

다락방

퀘퀘한 다락방에는
과자와 사탕, 그리고 과일이 있어요

비스킷은 오래 되어 버석거리고
사탕은 묵은 맛 그대로예요

부끄럽게 감춘 사탕을 꺼내고
오래된 과자를 먹을 때는
부끄러워 뒤로 숨어버렸죠

매력은 상대적이라 했나요?

그 남자에게 사소한 것이
J에게 특별한 선물이 될 줄 몰랐어요
소중함의 가치는 서로 다른가보죠

뒤를 돌아보았어요
순진한 동굴의 착각이었을까요?

귀한 보석을 알아보지 못한 건지
오랜 과자도 J에게는 달랐죠

달콤함을 느껴보려고요

사랑에 눈이 먼 건 아니겠죠
마음 따라 가치는 변한다는데

–「다락방」 전문

일반적으로 사람들은 스스로 남이 가지지 못한 소중한 것을 가지고 있으면서도 본인의 것을 초라하게 여기고 감추고 싶어한다. 돈, 명예, 권력 이외에도 소유에 대한 의미는 남다르다. 불편한 소유를 감추는 행위를 통해 스스로 불행한 삶으로 포장하고 있는 것이다. 화자의 단점이 타인에게는 귀하게 여겨질 수도 있다. "매력은 상대적이라 했나요?//내가 갖고 있는 것이/J에게 특별한 선물이 될 줄 몰랐어요/소중함의 가치는 서로 다른가보죠"에서 말하듯이 J라고 하는 무명의 존재성을 통해 투영되는 스스로의 소중함은 상대적 가치뿐만 아니라 절대적 가치의 귀중함도 함께 일깨워주고 있다. 또한 "사랑에 눈이 먼 건 아니겠죠"에서 사랑은 상대방의 약점도 배려하고 보호할 수 있어야 한다는 점을 일깨워준다.

생명을 가진 인형

"나는 생명을 주기 위해 입으로 훅 바람을 불었습니다/"인형아, 인형아 일어나", "어서"///난 쓰러진 인형을 살리기 위해 평소 하던 대로 입으로 바람을 힘껏 불었습니다//그때 하늘에서 음성이 들려왔습니다/"간절함과 순수성이 줄면 너의 바람은 약해지고 인형의 생명을 다시 살릴 수 없느니라"

–「생명을 가진 인형」 내용에서 일부 발췌

인형은 어린 아이들에게 친근하며 동심을 추구한다. 아동은 인형극을 통해 인형과 서로 대화하기도 하고 인형과 동일시하며 친숙해진다. "나는 생명을 주기 위해 입으로 훅 바람을 불었습니다"에서 인형이 생명을 가지려면 순수한 동심을 통해 인형은 살아나며 진정한 대화가 가능할 것이라 믿는다.

"간절함과 순수성이 줄면 입김은 약해지고 인형의 생명을 다시 살릴 수 없느니라"에 말하듯이 동심을 잃고 순수성이 사라지면 더 이상 인형과 대화가 가능하지 않다. 물론 인형에서 나타나는 의미는 상징적이지만 성인으로서도 착한 순수성을 잃지 않고자 한다. 실제로 인형과 대화가 되지 않겠지만 화자는 인형을 모방하고 동일시하는 과정을 통해 순수성을 소유하고 생활하고 싶다.

에스컬레이터

회전문을 지나 백화점 계단을 만났다
구름에 닿을 듯 펼쳐진 양탄자를 보라!

하늘 그네에 반사된 유리 애드벌룬의 입들이
자본주의의 형광 빛을 마구 산란한다

투명한 천장에 사진을 찍는 아이들
곳곳에 향수 냄새를 파는 소녀들
계단에 그들의 웃음소리를 메운다

정장 차림의 남녀 마네킹의 결혼식에
주례사는 가짜 혼인 서약서를 읽는다

지금부터 혼인식을 거행하겠습니다
평생 배우자를 조건 없이 사랑하겠습니까?
이제 혼인이 성립되었음을 선언한다. 이상

쇼핑 커트에 우수(雨水)의 괴나리봇짐
아! 부서진 조명에 지난 화양연화(花樣年華)

–「에스컬레이터」 전문

시에서 백화점은 물질의 표상을 의미하고 에스컬레이터는 신분과 부의 상승을 나타내고 있다. 물질의 세계를 설명하기 위해 화자는 쇼핑을 통해 인생의 의미를 부각한다. "주례사는 가짜 혼인 서약서를 읽는다"에서 말하듯이 에스컬레이터의 남녀 마네킹은 물질 세상에서 바라 본 우리들의 모습이다.

진정한 결혼이 아닌 계약에 의한 혼인을 의미하는 이기주의적이고 극단적인 현대인의 모습이기도 하다. 마네킹에서 품어져 나오는 현란한 빛과 백화점의 유혹을 주례사라는 표현으로 중재하고 매듭지으려 한다.

"쇼핑 커트에 우수(雨水)의 괴나리봇짐/아! 부서진 조명에 지나간 화양연화"에서 화양연화(花樣年華)에서 가장 아름답고 행복한 날은 조명과 지친 삶과 비용에 지나가고 사라진다는 의미를 표현한다. 봄의 절기에 더욱 물질문명에 종속된 허탈한 자신의 처지를 비관하고 있다. 또한 많은 수고로움을 지고 가는 지친 우리의 모습과 고단한 삶을 표현한다. 결국 물질 문명의 삶이 결코 윤택하지 않다는 것을 단적으로 보여주고 있다.

깊어지는 사랑을

환한 웃음, 고운 눈, 순진한 향기에
펄럭이는 숲속의 나비가 되어
설레이는 그대를 만나러 갑니다

그대와 함께 있으면 사랑인지는 몰라도
더욱 더 외로워집니다

님이여, 슬퍼하는 나를 위로해주세요

-중략-

진정한 사랑은 잡은 손을 놓아주는 거라지만
당신과 함께 영원히 살고 싶은 이유가 있었습니다

전생에서 만나 이어지는 사람
세월에 깊어지는 사랑은 다 할 수 없습니다

그대와 함께 하는 시간이 사라질까봐
초조한 마음이 들 때도 있지만

영원히 간직할게요 당신의 기억들을

꼭꼭 감추어둔 추억을 지키기 위해
꿈속에 저축해놓은 그대를 꺼내지 못할 때도 있지만

소중히 간직할래요 깊어지는 사랑을

-「깊어지는 사랑을」 전문

사랑이 깊어지는데 왜 외로워지는 것일까? 사랑할수록 불안해지고 애처로워 진다는 것은 사랑의 완성은 마지막의 종결 과정에 이유가 있는 것이 아닐까?

"언젠가는 사랑은 외로워진다는데/이별을 낭만이라고 할

수 있는 건가요/헤어진다는 것은 자연스러운 것/에서 말하듯 이별을 염두에 두고 사람을 사랑한 것은 아니지만 결국 인위적이든 자연적이든 헤어진다는 전제하에 사랑할수록 두려워질 수 있다. 그만큼 사랑이 커질수록 두려움으로 다가온다.

"진정한 사랑은 잡은 손을 놓아주는 거라지만/당신과 함께 영원히 살고 싶은 이유가 있었습니다//전생에서 만나 이어지는 사람/세월에 깊어지는 사랑은 다 할 수 없습니다"에서 말하듯이 진정한 사랑은 이별의 손짓에도 부응하고 있다. 영원히 함께 살고 싶은 이유가 있다는 것은 곧 인연설에 귀의한다.

이전 세상에 이루어지지 못한 인연은 현세의 운명으로 믿기에 영원한 사랑은 깊어지는 사랑으로 연결된다. 실제로 깊어지는 사랑은 이별을 염려하고 두려워하는 의미보다는 영원한 사랑을 꿈꾸는 소망을 의미하고 있는 것이라고 볼 수 있다.

도돌이표

어지러운 횡선을 그린다 불빛에 좋아하는 나방은 비행 곡예로 맺고 캄캄한 상념의 방에 널려있는 생각, 스크린의 날벌레를 손가락으로 누르고 우연한 자연의 폭력을 행한다

1차 방정식은 2차 방정식으로 가는 긍정의 힘이라는데, 명제는 긍정과 부정에 대해 묻는다 부자를 정당화하는 기술, 보호되지 않은 환자의 위로, 가식을 보편성으로 포장하는 위선, 잘못된 미

래를 꿈꾸는 곡선,

시선의 이름표를 떼어내면 꼬리처럼 따라오는 부정의 환영(幻影), 같은 기억에 또 다른 기억의 오버랩, 같은 동선을 맴도는 회전문 자리의 외침, 별난 세습의 자리는 물질과 정신에 구속된 우리의 악연이다

—「도돌이표」 전문

화자는 컴퓨터 화면을 가린 날벌레를 손가락으로 누르고 의도하지 않은 행동을 저지른다. 날벌레는 화자를 잔인한 무법자로 여긴다. 자연의 부분이라 부정할 상황은 아니지만 인간에게 대하는 실제의 행동이라면 선과 악을 구분해야 한다. 우리에게는 발전의 욕구가 있다. 실제로 긍정적인 마인드를 가지고 생활해야 하는 생활상이 시에 숨어 있다. 행동에 있어서 섬세한 고찰이 필요하다. 불법과 부정한 행위를 동반하는 경우는 악과 선을 구분할 수 없는 부정 명제에 봉착한다. 비슷한 이유로 부정한 행위에 위험한 판단이 있다. 불법과 불공정의 경험적 오류를 통한 반성의 외침이 도돌이표처럼 우리에게 다가오고 있는 것이다.

신세계로 가는 길

여긴 어디인가요
이 도시는 마르세이유에 있나요
본머스, 쾰른, 마카오는 아닌듯한데
네온사인을 널어놓은 홍등가에 취해
넘어져 쓰러질듯해요 와보았던 것 같은데

그때는 나이 드신 노인이 많았죠
회색 거리에 우울하게 만들었던 그날은
나를 포기하려 했죠

지금은 젊은이로 북적입니다
도시의 풍경은 우아하고 착해요
비행기, 아래에 신세계가 보여요
건물은 성냥갑처럼 늘어져 불을 밝히고
가로등은 조깅을 하고 있어요

타임머신을 타고 왔다고
조그만 입을 조아리며
지나간 세월의 고통은 잊힐 거라고
하얀 구름이 쫓아오네요

–「신세계로 가는 길」 전문

신세계는 어디일까? 정확하게 알 수 없지만 낯선 타국일 것이라고 추정이 된다. 그곳은 화자가 언젠가 가보았던 곳이 아닐까? 당시는 어려운 실직이나 실연 등으로 모든 것을 내려놓았을지도 모르겠다. 화자의 상상 같지만 비행기를 타고 타국에 도착했을 때의 풍경은 사뭇 다르다. 비행기에서 지면 아래를 내려다보는 세상은 경이롭기만 하다. 성냥갑 같은 건물과 가로등이 조깅을 하는 것처럼 느껴질 수도 있다. 아마도 새벽이나 밤중에 비행로로 안착했을 것이다. 상상의 타임머신처럼 비유된 비행기는 느낌으로는 유사한 특성이 있을 것이라고 본다. 비행기 좌석에 앉아서 수 시간이 흐른 후 낯선 타국에 도착한다는 것은 시간 여행처럼 느껴질 수 있다.

"지나간 세월의 고통은 잊힐 거라고/하얀 구름이 쫓아오네요"에서 말하듯이 하얀 구름이 쫓아온다는 것은 현재 진행형이며 출발에 대한 암시이다. 이러한 응원과 더불어 화자는 과거를 정리하고 타향의 새로운 출발에 의미를 두고 있는 것이다.

방앗간

달동네 이발소 옆 방앗간에
허리 굽은 한 노인이 살지요
범벅된 땀과 주름진 손으로
마른 고추를 기계에 넣으면
매운 냄새는 돌며

코를 찌르는 기름 냄새

-중략-

어느 비오는 날
침입한 포클레인은 모든 것을
허물고 말았죠
추억도 사라지고
사람도 사라지고
건물도 사라지고
평생 살았던 그 곳에
고층아파트를 분양한다고

– 「방앗간」 전문

판자촌 달동네 골목길 구석에 방앗간을 지키는 노인은 늘 한곳을 지키며 평생 동안 방앗간에서 일해 왔다. 노년에 고된 방앗간 일은 체력의 한계에 부딪히는 상황이 된다. 바쁠 때는 어처구니없게 손님이 방앗간 일을 도와주는 경우도 있다. 추석이나 설날이 되면 방앗간은 문전성시가 된다. 설날의 떡이나 추석의 송편 등이 이곳에서 탄생한다. 이러한 소박한 방앗간의 정서를 잊을 수 없다.

시에서 방앗간은 재개발지구의 전면 공사로 소멸의 처지에 놓여있다. 독촉의 전화에서 노인의 소재는 불분명하며 사회의 실태에 고발적인 의미가 있다. 재개발로 방앗간이 사라진 후 그 주변은 재개발지구로 선정된다. 재개발로 인한 사회의 이익보다는 고향의 향취가 사라지는 아쉬움과 거주지를 잃은 실향민으로서의 좌절을 다루고 있다.

달빛의 생명

달을 그릇에 조심스레 담고
문질러 달빛으로 씻은 후
고향의 옛살비에 향수를

구름에 비가 씻긴 물에
마지막 꽃잎이 떨어질 때는
너는 그 자리에 없었다

홀로 가는 것이 두려워
바닥에 가만히 엎드려
이 줄을 잡고 걸었다

생사(生死)의 기로에 선 은행잎
너는 단풍으로도 숨 쉬며
살아 있었다는 것을

이렇게 고동치는 피부를
붉은 심장으로 느끼는
물질의 생명력이 여기 있다

-「달빛의 생명」 전문

시에서는 달빛을 통해 우리가 태어난다고 여겨진다. 때로는 홀로 가는 것이 두려워 줄을 잡고 걷는다. 여기서 줄은 협력과 보호의 의미이다. 우리는 사회 속에서 함께 살아가며 서로 도움을 받는다. "마지막 꽃잎이 떨어질 때는/나는 그 자리에 없었다"에서 말하듯이 정작 이별이 다가오면 회피되고 마음의 부담이 커진다.

"생사(生死)의 기로에 선 은행잎/너는 단풍으로도 숨 쉬며/살아 있었다는 것을"에서 말하듯이 단풍을 통해 생명이 살아있다는 것을 느낀다. 이런 모습 속에서 심장의 고동소리를 들으며 우리가 살아있음을 감사하게 생각해야 한다.

화석의 기억

지진에 쪼개진 빗물에 솟는 선샘, 도망치며 내려온 그날의 응축과 기다림, 일어나는 아침에 손짓하는 여인의

목구멍에
입술에
혀에
기억이 있다

—중략—

육체를 떠나지 않는 미이라, 영원히 사는 샘물로 수만 년의 흔적은 검은 돌이 되어 수십 리의 지하에 있다 대지의 슬픈 어둠에 가려진 희망은 파릇한 잎과 줄기가 되어

산길에 널은 길이 봄바람과 만나는 날, 화석이 눈을 뜬다 그리운 사람을 묻혀버리지 말라고 타울거리며 내게 찾아왔다

—「화석」 전문

화석이 그리워하고 소망한 건 무엇일까? 그 오랜 시간 잠자고 있는 화석을 깨우고 묻는다. 속박과 억압에서 벗어나 새로운 세계를 통해 화석을 깨우고자 하는 시도는 우리가 늘 소망하고 꿈을 꿔왔던 것과 일치한다. 오랜 구속에서 벗어나기 위한 욕망은 누군가를 향한 그리움과 자유에 대한 소망이다. 화석은 늘 한곳에서 침묵하고 자유를 통해 목적을 이루기 위한 상징물의 비유이다.

화석은 "목구멍에/입술에/혀에/기억이 있다"에서 말하듯이

욕망은 목구멍과 입술에 의한 자유의지로 표현하고자는 심리로 이해한다. “산길에 널은 길이 봄바람과 만나는 날, 화석이 눈을 뜬다”에서 말하듯이 해빙이 되면 화석은 눈을 뜨고 깨어나 감춘 비밀을 풀고 세상으로 나아가 빗장을 풀어야 한다. 어둠속에서 꿈틀거리는 숙제를 풀어내야 하는 운명이 화석에 깃들어져 있는 것이다. 또한 그리운 사람을 찾아내야 하는 미완성의 과제에 대한 희망이 보여지고 있다.

피스미스 공주

파란 얼굴의 여인을 만났죠
외계의 별 성단
피스미스에서 내려온 그녀는
사랑을 고백했었죠
바보처럼 꿈에선 벗어나고만 싶어서
다른 여인을 사랑한다고 했죠
그렇게 밤이 새도록 별이 서러워 울다
잠이 들었던 꿈 길 이야기
마음 설레는 새벽녘 아침
착한 햇살이 창살을 비추면
가만히, 가만히, 생각해요,
눈을 감아도 이어지지 않고
이슬이 눈가에 촉촉하게 남아요

피스미스 별로 갔을까
서럽게 흐르던 눈물은 그쳤겠죠
깊은 꿈으로 가고 싶은데
자꾸만 흔들거리는 비탈길로 가네요
어두운 블랙홀로 가지요

–「피스미스 공주」 전문

꿈속에서 만난 외계의 공주는 사랑을 고백한다. "파란 얼굴의 여인을 만났죠/외계의 별 성단/피스미스에서 내려온 그녀는/사랑을 고백했었죠"에서 피스미스 성단에서 온 공주는 지구인에 대한 애정과 사랑을 전달한다. 그런데 왜 시에서는 공주의 마음을 그렇게 아프게 했을까? 그 이유를 모르는 화자는 꿈에서 깨어나 생각해본다. 무의식에서는 받아들이지 않았고 회피했지만 미지의 아쉬움에 다시 꿈으로 돌아가 공주를 만나 못 다한 이야기를 전하고 싶은 것이다. 무의식의 세계를 통해 사랑의 연민을 표현한다. 또한 현실에서 이루어질 수 없는 사랑에 대한 아쉬움과 아픔을 표현한다. 상황이 외부세계인지 같은 공동체 안에서 일어난 것인지 정확하게는 알 수 없다. "깊은 꿈으로 가고 싶은데/자꾸만 흔들거리는 비탈길로 가네요/어두운 블랙홀로 가지요"에서 말하듯이 다시 돌아가 공주를 보듬어 주고 싶지만 자꾸만 막다른 골목길로 가게 되는 것이다. 이내 잠을 자고 꿈을 꾸고 싶지만 그 또한 마음대로 되는 것이 아니다. 한번 지나간 것은 다시 그 자리에 오지 않는다.

바람 소리

향수 나라 감나무 밑에는 바람이 분다
남녀는 서로 좋아 들녘 마루에서 자고
내 곁으로 살살거리는 그 목소리 들려준다

따뜻한 구름과 솜사탕도 부럽다

사람의 마음은 항상 잠잠하고 바닥이라 눕지만
그 본성은 어떤 순간에도 어떤 상황에서도
천장에서 뱀이 똬리 틀 때까지
그렇게 의미심장하게 다가오곤 했었다

가끔은 서로의 이야기가 어울리지 않아도
우리의 세계인데 실제인데
특별히 어울리는 것이 또 무엇이겠는가

샛바람이 분다, 하늬바람이 분다
솔깃한 말들이 귓불을 타고 바람을 타고
몸을 간지럽히며 온다

움직여지지 않는 본성은 질투를 품는다

사랑은 늘 이런 순간에 찾아와
짜릿한 감수성도
늘 이렇게 무너졌다는 것을

가슴에 흔들리는, 가끔은 그 소리에도
바람을 타고 오는 멈추지 않는 사랑

–「바람 소리」 전문

남녀의 바람 같은 사랑 이야기가 귓불을 타고 들려온다. 받아들일 수 없는 세상의 구설도 들려온다. "가끔은 서로의 이야기가 어울리지 않아도/우리의 세계인데 실제인데/특별히 어울리는 것이 또 무엇이겠는가"에서 말하듯이 현실적인 사랑과 열정이 특별한 곳에서만 일어날 수 있는 것은 아니다. 지나고 보면 자연스럽고 이 모두가 우리에게 일어날 수 있는 이야기라는 것을 받아들인다. 누군가의 사랑과 열정도 깊은 곳에서 꿈틀거리며 이렇게 다가오고 있는 것이다. "가슴에 흔들리는, 가끔은 그 소리에도/바람을 타고 오는 멈추지 않는 사랑"에서 본성을 흔들며 찾아드는 마지막 사랑을 가까운 곁에 두고 싶은 심리를 표현한다. 멈출 수 없는 영원한 사랑은 바람 소리와 같은 자극을 통해 열정이 그 안에서 움직이는 것이다.

온라인 하트

우리의 연극은 언제 끝나죠?

관람석은 매진입니다
주인공은 비운의 여인

초기 화면의 리셋을 누르지 마세요

몇 겹의 색 가면을 쓰고
SNS사랑을 하고 있어요
로미오와 줄리엣의 슬픈 사랑은
차라리 우리보다는 나아요

―중략―

우린 이별 준비를 해야 합니다

이제 하얀 아침이 올거예요

태양은
과거를 잊게 해주겠죠

―중략―

빨간 촛농이 흐르고 있어요

－「온라인 하트」 전문

현대인의 사랑은 다양하지만 때로는 일시적이고 간단하다. 그들은 만남과 헤어짐이 쉽게 이루어지는 것으로 이해된다. 때로는 온라인에서 하룻밤의 사랑을 나누고 동이 트는 새벽에 이별을 한다. 그것이 가상의 세계이든 현실의 세계이든 중요하지 않다. 감정과 결실은 분리되어 이루어지지 않는다. 시는 현대인의 인스턴트식 사랑의 모습을 단편적으로 보여준다. 바쁘고 이기적인 생활 속에서 사랑에 메마른 사람들이 온라인을 통해 순간적인 사랑을 하고 이별을 한다. "SNS사랑을 하고 있어요/로미오와 줄리엣의 슬픈 사랑은/차라리 우리보다는 나아요"에서 말하듯이 SNS사랑은 로미오와 줄리엣의 사랑과 비교해 볼 때 그 보다 더 아쉽고 슬픈 사랑이라 의미를 표현하고 있다. 비유를 통해 나타난 애절함은 무슨 연유일까? 사랑이 짧다고 해서 모든 것이 간단해지고 감정을 쉽게 정리할 수 있는 것은 아니다. 길은 인생도 짧다고 생각하면 짧은 것처럼 감정도 마음대로 되는 것이 아닐 것이다.

"남자의 손바닥이 차가와지고/코드 전원이 꺼지면//우린 이별 준비를 해야 합니다"에서 말하듯이 전원의 꺼짐은 실제의 이별과 단절의 의미이다. 인터넷이 중단되면 그 사랑도 관심도 꺼지는 것이다. 밤과 낮이 바뀌는 세상의 무질서에서 젊은 이들의 부적응이 나타나고, 그들의 관심과 사랑이 순식간에

식어버리는 냉정함이 온라인을 통해 표현되고 있는 것이다.

"태양은/과거를/잊게/해주겠죠//짜릿한 사랑을 꺼줄 스크린/끝으로/빨간 촛농이 흐르고 있어요" 어두운 밤이 지나면 아침의 광명이 찾아오고 그 시련도 지나가면 잊히고 극복될 것이다. 촛농처럼 흐르는 눈물은 컴퓨터 스크린에 비추며 이러한 상황과 세태를 슬퍼하고 있다.

카리용(carillon)

그 마을의 그녀는 12시가 되면 12번의 종을 친다

까만 하늘의 황홀한 꽃별 같은 카프리콘, 파이시스

-중략-

새는 밤거리 공간을 유유자적 난다
그 아래에, 저 희미한 곳으로

보고 싶은 집으로 모여 살던
잠자리를 타고 들어오던 귓전의 울림
곁에서 위로해주고 보듬어주던 카리용

이른 아침, 그녀를 만나러 가는 길이 설레인다

–「카리용」 전문

카리용(carillon)은 많은 종을 음계 순서대로 달아놓고 치는 악기이다. 대전과학기술대학교의 혜천타워에는 78개의 대형 종이 있는 혜천타워 12층 종실에 설치되어 있으며 오전 9시, 정오 12시, 오후 6시 등 하루 3번씩 아름다운 카리용 음악이 연주되고 있다. 12시가 되면 들을 수 있다. 혜천타워는 남쪽 캠퍼스, 북서부에 자리한 지하 1층, 지상 13층, 옥탑 1층으로 이루어진 78m의 건물로, 대전과학기술대학교의 랜드마크이다. 타워의 12층에는 78개의 종 카리용이 설치되어 있다. 6.5 옥타브형 카리용으로 직경 2.5m, 무게 10톤이나 되는 최저음의 대종을 비롯하여 무게 5톤 이상의 큰 종 3개, 무게 1톤 이상의 종 11개가 포함되어 총 50톤이 넘는다. 10층 외벽에는 직경 4m의 원형 시계가 4면에 각각 한 개씩 설치되어 있고 카리용 자동연주 시스템과 연결되어 기준 시각을 입력해주는 역할을 한다. 13층은 외부 방문객들의 전망대로 활용되고 있다. 대전과학기술대학교의 혜천타워 카리용은 네덜란드의 왕립 종 제작소인 페티트앤프리센(Petit & Fritsen)에서 21개월 동안 제작되었으며, 2004년 7월 세계기네스협회로부터 세계 최대 규모의 카리용으로 인증되었다.(위키백과)

"보고 싶은 집으로 모여 살던/잠자리를 타고 들어오던 귓전의 울림/곁에서 위로해주고 보듬어주던 카리용"에서 말하듯이 카리용의 종소리는 마을에도 고요한 울림의 정취가 있다.

잠이 들 무렵 귓전에 들리는 그 종소리는 황홀한 천상의 소리임이 틀림없다. 위치한 동네도 높은 지역이지만 카리용이 있는 혜천타워는 그보다도 더 높은 곳에 위치한다. 그곳에 카리용이 있어 한눈에 동네가 보일 정도로 경치가 좋으며 한 폭의 멋진 풍경화를 연상하게 한다. 아침에 그녀를 만나러 가기 위한 설레임도 카리용의 종소리를 듣고 싶은 열망에 비유된 표현이 된다.

피에로

"착한 물줄기의/분수대/서막의 프롤로그,/로데오에/노래하는/피/에/로//
–중략– "가는 부슬비에 가면을 감추고/흙을 잡고 초원으로 나가서/나쁜 곡예의 마술에 쫓기어/썩은 동아줄을 잡은 채로/내친 강풍에 떨어진 겁니다"

–「피에로」 내용에서 일부 발췌

우리는 어쩌면 가면을 쓴 피에로일지 모른다. "당신은 어둠의 속과 다르게/춤을 추며 공을 굴렸죠"에서 말하듯이 우리는 겉과 속이 다른 이유가 존재하며 때로는 곤경에 처해질 수 있다. 곡예를 통해 비유 하듯이 생사의 길을 걷는 모험도 있을 것이다. 인생은 마냥 행복한 일만 일어나는 것이 아니다. 때로는 어려운 일을 겪으며 인내하고 참아나가야 한다.

"급한 구급차의 사이렌 소리에/놀란 공연 단원들이 몰려들었죠//커다란 영화의 조명이 켜지고"에서 "구급차의 사이렌 소리"는 위급한 상황에 도움을 요청하는 암시이다. 가족들이 사람들이 관심을 갖고 상황을 인지했을 때는 이미 때가 늦었을지도 모르겠다. 삶의 여정은 행복한 과정도 있으나 고통 속에 인내해야 하는 경우도 있다. "바닥에 떨어진 피에로 가면.//무대 관객이 된 피에로는/이렇게 슬피/흐느끼고 있었습니다"에서 말하듯이 가면은 피에로의 실체로 보인다. 그의 상황이 영화로 비춰지듯이 관객으로서 본인의 삶을 객관적으로 조명하며 성찰하게 되는 것이다.

닻별의 창조

스위치를 누르고 차가운 언 불을 켠다

사과나무를 심으면 팔색조는 미려(美麗)하다

생명을 낚는 매개체(媒介體),

녹색 신호등의 명령에
비나리의 구름 속
하얀 불을 댕기면

창조되는
세상

그런데 신화의 동굴에 마늘이 보이지 않았다

빨갛게 열린 사과를 도둑 서리로 뺏어
빙하기를 거친 북풍에 태양의 흑점은 식고

선택을 거부하면 따뜻한 식빵이 식는데
창조를 굳이 자를 필요가 없지 않은가

카시오페아는 동면의 잠을 잔다
스위치를 누르고 잠자는 닻별을 깨운다

–「닻별의 창조」 전문

세상을 창조한다는 것은 신의 영역이지 인간의 영역이 아니다. 그러나 화자는 "사과나무를 심으면 팔색조는 미려(美麗)하다"에서 토지에 사과나무를 심고 아름다운 새가 날아다는 것을 상상한다. 그를 통해 아름다운 환경이 존재하는 창조의 세계를 암시한다. 세상은 유한의 공간이 아니라 소멸되지 않는 영원의 공간이라 본다. "녹색신호등"을 켜고 "비나리에 불을 당겨"의 비유를 통해 삶을 지속하고자 하는 의미를 남긴다. 만약 전쟁이나 전염병, 환경오염 등의 영향에서 벗어나지 못할 때 창조와 대립되는 소멸과 재앙에 직면할지도 모른다. 이러한 위험에서 벗어나고자 단군신화의 마늘을 찾고 스위치를 찾아 별과 달을 깨워야 한다는 것은 새로운 세계의 창조와 새 출발을 암시한다. 세상의 위험요소로부터 소멸된 영원을 창조하고 구명해야 할 의지를 나타낸다.

통찰의 느낌표(!)

최동열 지음

발 행 처 · 도서출판 청어
발 행 인 · 이영철
영　업 · 이동호
홍　보 · 천성래
기　획 · 남기환
편　집 · 방세화
디 자 인 · 이수빈 | 김영은
제작이사 · 공병한
인　쇄 · 두리터

등　록 · 1999년 5월 3일
(제1999-000063호)

1판 1쇄 발행 · 2020년 5월 20일

주소 · 서울특별시 서초구 남부순환로 364길 8-15 동일빌딩 2층
대표전화 · 02-586-0477
팩시밀리 · 0303-0942-0478

홈페이지 · www.chungeobook.com
E-mail · ppi20@hanmail.net
ISBN · 979-11-5860-846-0(03810)

본 시집의 구성 및 맞춤법, 띄어쓰기는 작가의 의도에 따랐습니다.

이 도서의 국립중앙도서관 출판시도서목록(CIP)은 서지정보유통지원시스템 홈페이지(http://seoji.nl.go.kr)와 국가자료공동목록시스템(http://www.nl.go.kr/kolisnet)에서 이용하실 수 있습니다.(CIP제어번호: CIP2020016004)